Agradeço por ter memórias
perfumadas da Sinhá.

Para Vó Anna,
pelos melhores suspiros.

Copyright © 2012 Aline Abreu
Copyright © 2012 Autêntica Editora

Edição geral
Sonia Junqueira (T&S - Texto e Sistema Ltda.)

Revisão
Cecília Martins

Edição de arte
Diogo Droschi

AUTÊNTICA EDITORA LTDA.
Editora responsável
Rejane Dias

Belo Horizonte
Rua Aimorés, 981, 8º andar . Funcionários
30140-071 . Belo Horizonte . MG
Tel.: (55 31) 3214 5700

São Paulo
Av. Paulista, 2073 . Conjunto Nacional
Horsa I . 11º andar . Conj. 1101 . Cerqueira César
01311-940 . São Paulo . SP
Tel.: (55 11) 3034 4468

Televendas: 0800 28 31 322
www.autenticaeditora.com.br

Revisado conforme o Acordo Ortográfico da Língua Portuguesa de 1990, em vigor no Brasil desde janeiro de 2009.

Todos os direitos reservados pela Autêntica Editora. Nenhuma parte desta publicação poderá ser reproduzida, seja por meios mecânicos, eletrônicos, seja via cópia xerográfica, sem a autorização prévia da Editora.

Dados Internacionais de Catalogação na Publicação (CIP)
(Câmara Brasileira do Livro, SP, Brasil)

Abreu, Aline
  Cheirinho de talco / texto e ilustrações Aline Abreu. – Belo Horizonte : Autêntica Editora, 2012.

  ISBN 978-85-65381-23-9

  1. Literatura infantojuvenil I. Título.

12-03099   CDD-028.5

Índices para catálogo sistemático:
1. Literatura infantil 028.5
2. Literatura infantojuvenil 028.5

Aline Abreu TEXTO E ILUSTRAÇÕES

Cheirinho de talco

autêntica

Aposto que você não gostaria de se chamar Hermengarda.
E se tivesse esse destino, ia torcer muito pra que um apelido bem charmoso pegasse em você. Aposto.

E eu que escapei por pouco desse nome! Seria uma homenagem. Tenho certeza que foi a fofa da minha bisavó quem dispensou a honra de ser homenageada... e me salvou. Acabei nunca perguntando como foi que ela convenceu meus pais.

O nome da minha bisavó era Hermengarda, mas o apelido era Sinhá. Sorte dela que o apelido pegou.

Não é nada pessoal com o nome Hermengarda, viu? Mas é que eu não entendo essa mania que os pais têm de inventar homenagens com o nome dos filhos! Por que eles não fazem homenagem com alguma coisa deles? Parece até aquela história de fazer promessa pra outra pessoa cumprir. Tem avó que adora fazer isso... Depois sobra pra gente explicar por que se chama Jucicleima ou Waldisleyton. Vão homenageando tanto parente que dá nisso.

Vou te contar uma história sobre um nome estranho.

No segundo ano, entrou um aluno novo na minha sala. A gente não foi muito com a cara um do outro, sabe? Na verdade, com a cara eu até que fui. O que não gostei muito foi do nome dele.

Sabe como é falar qualquer coisa errada na escola. Todo mundo dá risada. Então, eu tinha que gastar toda a minha concentração cada vez que fosse falar U...É...BER...T...SSON. E ele ainda explicava: "Webbertson, com W e dois Bs!" Achando o máximo o tal W, que naquele ano ainda nem fazia parte do alfabeto brasileiro! Vai ver ele estava se achando porque o nome dele tem letra importada, sei lá! Eu achei ridículo. E foi por isso que preferi falar com ele o mínimo possível.

Até que, no fim do ano, teve a excursão ao apiário. Acabei sentando bem ao lado dele no ônibus! Foi tudo armação da Amandinha, minha melhor amiga (ou inimiga, naquele dia), que deu um jeito de trocar de lugar com ele bem na hora que o ônibus saiu. Só pra me provocar.

Depois de uns 43 minutos olhando fixo pela janela, eu já estava ficando com torcicolo. Como não tinha assunto, resolvi perguntar de onde tinha saído aquele nome.

— É uma mistura do nome do meu pai, Humberto, com o nome do meu avô, Edson.

Você está somando 2 + 2 e não está dando 4, né? Calma, não foi só isso.

— Meu pai adora informática, ama internet.

E ele foi contando que "rede" (internet), em inglês, é "web", por isso o tal Webbertson com W (web+Humberto+Edson = WEBBERTSON).

Achei que o pai do Webbertson foi muito inteligente e fiquei mal por ter achado o nome dele feio. Pedi desculpas.

— É mesmo legal um nome que conta uma história.

Continuamos trocando várias ideias, e a Amandinha até ficou com um pouco de ciúme porque nossa conversa estava muito animada.

Durante o terceiro ano, ficamos muito amigos, e, agora que o Webbertson mudou de cidade, a gente continua conversando pelo MSN. Não é o máximo? Falando com o Web... pela web!

Agora, gente, um conselho: o exemplo do Webbertson que eu contei acho que é exceção. Cuidado quando forem escolher o nome dos seus filhos! Eles é que vão ter que ir pra escola levando o bendito nome!

Sobre essa história de nomes, tem também uma outra coisa. Todo mundo tem nomes preferidos e outros nem tanto. É como no caso da minha bisavó. Não vou te enganar: Hermengarda não é dos meus nomes preferidos. É, você já deve ter percebido. Mas a minha Hermengarda, minha bisavó Sinhá, era das minhas pessoas preferidas.

Estava indo tudo bem na minha vida. Principalmente porque eu tenho um nome bem comum, e na escola ninguém estava implicando comigo.

Mesmo depois de alguns professores reclamarem de tanta risada durante as aulas, me deixaram continuar sentando junto com a Amandinha no quarto ano. O melhor de tudo foi que conseguimos ficar no mesmo grupo pra fazer os trabalhos da aula de ciências. Eu estava superempolgada porque pegamos o tema "O ciclo da água" para a feira de ciências e eu fiquei responsável por desenhar um cartaz enorme mostrando todos os estados da água.

Eu adoro desenhar. De ciências não gostava muito, mas estou descobrindo que dá pra aprender algumas coisas legais. O ciclo da água é uma dessas coisas.

Como eu ia dizendo, estava indo tudo bem na minha vida. Até que um dia tudo acordou triste lá em casa. Até o cachorro estava triste.

– Pai, o que aconteceu?

– A Sinhá morreu. Ela estava bem velhinha, filha... Ficou muito doente. A morte faz a gente sentir muita saudade, mas também faz parte da vida.

Por mais que o pai da gente tente escolher as palavras, quando a notícia é ruim, as palavras também são. Não gostei nada. Nada mesmo. Achei que a morte não tinha que se meter com a vida. Fui ficando toda apertada. Era um aperto por dentro.

De repente, explodi.

Chorei tanto que depois fiquei pensando: de onde foi que saiu tanta água? Mais ou menos o que a gente se pergunta quando chove 30 dias seguidos durante as férias de janeiro. Sério, eu precisava saber de onde é que continuava saindo tanta água. Minha mãe me ajudou na pesquisa.

Descobri que o corpo humano é como a Terra, que é mais água do que terra. O corpo humano é 70% água! Já estava me sentindo toda cientista, mas fiquei meio apavorada com essa descoberta sobre meu corpo. Depois de chorar tanto, era melhor beber bastante água. Já pensou se eu virasse uma uva passa? Ai, que medo!

Não fui só eu que chorei. Choraram os filhos. Choraram os netos. Choraram os outros bisnetos. Choraram os amigos. Todos com saudade da Sinhá tocando piano aos domingos.

Na casa da minha bisavó, domingo era dia de festa.
A campainha disparava.
 Vinham os primos e os vizinhos. Vinham os sobrinhos e o tio dos passarinhos. Vinha a tia beijoqueira. A cada hora vinha mais alguém pra dar um beijinho. E a tia beijoqueira aproveitava e beijava todo mundo que aparecia por lá. As crianças bem que tentavam fugir...

É impressionante como todo mundo tem uma dessas tias beijoqueiras, né? Se não é uma tia, é uma amiga de alguém. As amigas das avós são as piores. Essas beijoqueiras sempre usam batom melado e não desistem até te carimbar em todas as partes do rosto. Não satisfeitas, dão uns apertões na sua bochecha com a desculpa de tirar a marca do batom. Na sua testa tem um letreiro piscando: "Não sou mais criança!" Mas elas nunca percebem...

Casa cheia. A Sinhá adorava! Ficava tudo ainda mais gostoso com bolo quentinho e café pelando.

Enquanto tocava piano, Sinhá me dizia:
– Um dia você aprende a tocar violino, e vamos fazer um dueto do barulho! Mas vai ser um barulho afinado!
Ela adorava passear pelas teclas do piano com aquelas mãos enrugadinhas. A Sinhá era bem pequenininha, e eu sempre achei graça quando ela sentava na banqueta com os pés balançando, sem conseguir alcançar os pedais.

O legal de ter uma bisavó descolada é que ela te ensina a amar Chopin e topa aprender uma música da sua banda preferida para tocar com você no piano.

A Sinhá adorava música. Mas nós tínhamos uma outra paixão em comum. E essa era secreta.

Um famoso suspiro. Com raspinhas de limão. Ficava escondido dentro do armário da cozinha. Bem lá no fundo, camuflado entre uns potes com coisas sem graça do tipo farinha de mandioca e feijão preto.

Tínhamos um código.

Quem quisesse um suspiro tinha que suspirar bem fundo e dar umas piscadinhas. Fazer aquela cara de quem está sonhando com um príncipe encantado, sabe? Mas a palavra "suspiro" não deveria ser dita nunca! Jamais, de jeito nenhum!

De volta aos suspiros:

Aí, quando não tinha ninguém por perto, nós íamos comer aqueles suspiros fresquinhos, soltando mais suspiros do que nunca. Num banco que tinha lá no fundo do quintal. Bem embaixo das samambaias e orquídeas que a Sinhá adorava. Era um momento só nosso. E era perfeito.
Os respingos de água que caíam dos pratinhos das samambaias eram um refresco mágico nas minhas férias de verão.

.26.

Eu morava bem longe da Sinhá. Em outra cidade. Em outro estado e com outro sotaque. Quando estava frio na minha casa, lá estava o maior calorão. Era bem longe mesmo.

Todas as vezes, na hora de ir embora, ela me abraçava bem apertado. Um abraço bem cheiroso. Um cheirinho de talco que só ela tinha.

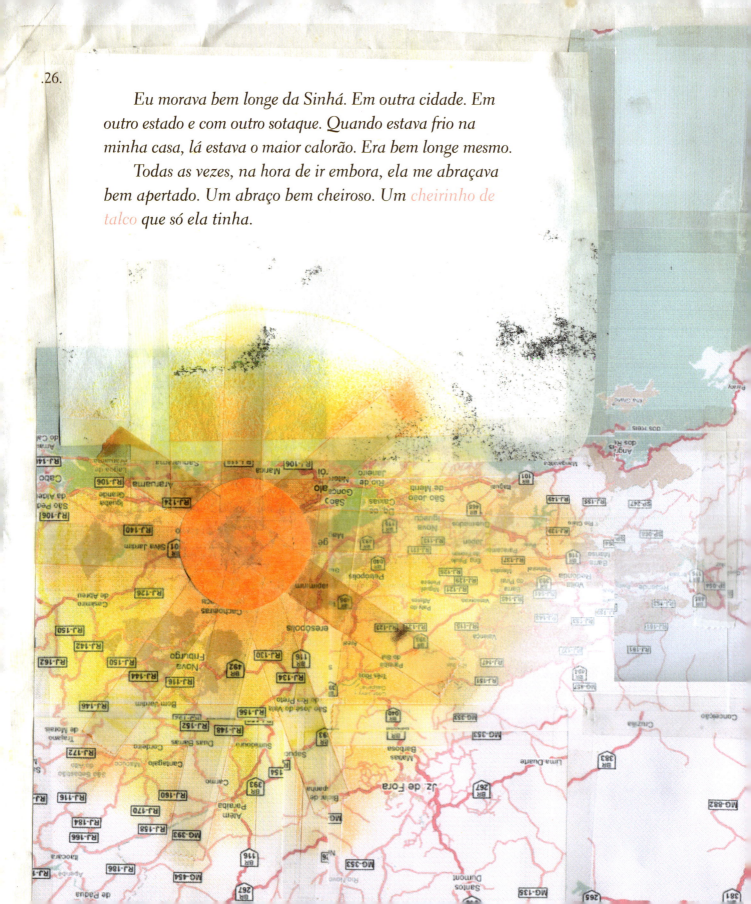

Da última vez, antes de um último abraço, ela pegou uma orquídea lá do quintal dos fundos. Me deu. Era minha. Pro meu pai plantar lá em casa. Pra me lembrar da Sinhá mesmo quando eu não estivesse vendo as ruguinhas dos olhos dela, e as ruguinhas dos olhos dela não estivessem me vendo. Mais um abraço cheiroso, e fui cuidando da orquídea a viagem toda, pra não quebrar nenhum galhinho.

Meu pai veio explicando no caminho que não precisava plantar a orquídea na terra. A gente podia prender numa árvore.

Chegando em casa, resolvemos amarrar a orquídea da Sinhá na única árvore do nosso quintal. Nesse dia, acho que comecei mesmo a gostar de ciências, porque descobri mais uma coisa legal. Algumas orquídeas e bromélias gostam de viver na sombra, agarradinhas nas árvores. Elas gostam de beber água da chuva, e a gente nem precisa ficar regando sempre.

Deve ser boa a vista lá de cima. Achei que aquela orquídea ia gostar de morar lá no alto. Mais perto dos passarinhos.

Nas primeiras semanas, liguei pra Sinhá várias vezes. Dava notícias da orquídea:

– Caiu uma folha.

– Tem duas folhas amarelas.

– Estão começando a grudar na árvore as raízes parecidas com umas minhoquinhas.

Depois, passou um ano inteiro, e nada de flores. Eu já não tinha mais a Sinhá pra contar as novidades e até esqueci que a nossa orquídea existia.

No dia do meu aniversário, acordei sem querer comemorar nem nada.
A saudade da Sinhá apertava, e uma noite ou outra eu chorava ainda. Levantei com os olhos inchados. O nariz entupido.

Foi aí que aconteceu.
Sabe aquela orquídea?

Acordou cheia de flores!
Um presente de aniversário da minha bisavó!

Naquele momento perfeito, só nosso, eu senti o cheirinho de talco. No ar.

E fiquei pensando que, se um dia eu tiver uma filha, talvez escolha pra ela o nome Hermengarda.

A AUTORA-ILUSTRADORA

O *Cheirinho de talco* tem um perfume familiar e por isso é especial pra mim: foi ouvindo as histórias da minha família que descobri a vontade de ser escritora. Mas também dancei balé, toquei violino, fiz teatro; fui crescendo, viajei pro outro lado do mundo... Sabia que seria artista, mas gostava de tanta coisa! Enquanto isso, continuei pintando e escrevendo – as coisas que mais gosto de fazer – e todas as vezes que pegava um livro ilustrado nas mãos, sentia um frio na barriga. Era isso! Como a bisneta que sente o cheirinho de talco da bisavó, senti o cheirinho da descoberta: fazer livros ilustrados era exatamente o que eu queria.

Este livro nasceu assim: senti um cheirinho de talco, bebi um respingo de memória, me arrepiei com um ventinho de saudade e juntei tudo com minha imaginação. Fui escrevendo imagens, que desenharam palavras...

As ilustrações eu fiz com papéis amarelados, guardados havia tempos, amassadinhos como as memórias entocadas bem dentro da gente. Usei a monotipia: passei tinta numa placa de vidro com um rolinho, coloquei um papel fino sobre a tinta e fiz os desenhos usando uma caneta sem tinta; depois levantei o papel e vi o desenho que ficou impresso com a tinta que estava no vidro. Esperei a tinta secar e continuei o trabalho com pintura e colagem, pra criar imagens que unem minha memória e minha imaginação.

Aline Abreu
www.alineabreu.com.br

Este livro foi composto com tipografia Electra e
impresso em papel Off Set150 g na
Formato Artes Gráficas para a Autêntica Editora.